AF324568

MES APPERÇUS

Sur la Religion,
Sur l'égalité parmi les hommes,
Sur l'esprit,
Sur la maniere de lire l'histoire,
Sur les livres de controverse,
Sur les duels,
Sur la guerre,
Sur la musique,
Sur la danse.

PAR M. DESMAREST,

Ancien Fermier-Général du Roi.

Tâchons de découvrir la vérité à travers
les sophismes qui nous la cachent.

EP.

1790.

MES APPERÇUS.

Sur la religion.

LES *sciences & les arts ont contribué à corrompre les mœurs*, a dit un homme célebre; d'autres ont ajouté que la religion a toujours caufé des maux affreux, ou que la philofophie a perdu notre fiecle. En réduifant toutes ces affertions à leur jufte valeur, on peut affirmer que ni les fciences, ni la religion, ni la philofophie ont corrompu les hommes, mais que c'eft l'abus qu'ilsont fait de ces dons précieux de l'Être Suprême, dont la véritable deftination étoit de produire un effet contraire. Les Ecrivains téméraires qui ont ofé attaquer la religion, qui ont profité, pour l'avilir, du fcandale de quelques-uns des individus qui la profeffent, qui ont employé les armes puiffantes du ridicule, & enfin tous les moyens qui pouvoient empêcher la pratique des devoirs qu'elle impofe, font les ennemis du genre humain. Ces partifans d'une liberté licencieufe font d'autant plus aveugles, qu'ils s'imaginent, dans leur coupable délire, l'avoir éclairé & lui avoir rendu les fervices les plus fignalés. Ils fe croyent des hommes de génie qui, après avoir fecoué tous les préjugés, planent fur un vulgaire crédule & ignorant qui n'a pas affez d'énergie pour rompre ou alléger fes chaînes. Pitoyables raifonneurs ! je n'entrerai point en lice avec vous fur les preuves de la vériré de notre religion, ni fur les monumens qui l'atteftent ; vous m'oppoferiez d'autres religions qui préfentent les mêmes preuves & les mêmes monumens ; la raifon, diriez-vous, ne peut pas croire ce qu'elle ne comprend pas ; nos difcuffions n'auroient aucun terme, & ce fujet a été traité par des hommes fi célebres qu'il ne refte plus rien à dire après eux. J'examinerai la religion fous un point de vue politique & fous un rapport focial. Si elle eft une invention de l'efprit humain

en exifte-t-il de plus belle & de plus utile?
La religion défend le meurtre, le vol,
la violence; elle ordonne l'amour de fes
femblables, la bienfaifance, l'hofpitalité,
la charité, le pardon, & l'oubli des inju-
res. Avec la religion on trouve de douces
confolations dans les fituations les plus
affreufes, & qui réduiroient au défefpoir.
Le criminel, enfermé dans un cachot ef-
froyable, courbé fous le poids des chaînes,
déchiré par fes remords, & n'ayant pour
perfpective qu'une mort ignominieufe, n'a
plus de reffource que dans la religion. Elle
adoucit fes chaînes, diffipe fes remords,
lui fait envifager fon trépas comme le
terme à tous fes maux & le principe d'une
nouvelle vie qui le conduira à un bonheur
éternel. Les hommes dont l'éducation a été
foignée, auxquels on a préfenté de bonne
heure de grands préceptes de morale & de
grands exemples de vertu, dont on a développé toutes les notions du jufte & de l'in-
jufte, gravées dans les cœurs par la nature;
qui fe font fait, pour ainfi dire, une reli-

A 3

gion de la probité & de l'honneur, n'ont peut-être pas un si grand befoin de la religion véritable : (il ne faut pas perdre de vue que je ne la confidere que fous des rapports politiques) mais le peuple, livré à fes propres réflexions, n'ayant reçu aucun principe, aucune inftruction, ne pouvant pas avoir fur les divers objets, des idées auffi juftes que l'homme bien éduqué, le peuple, dis-je, que fera-t-il fans la religion ?

Citoyens éclairés qui connoiffez ce peuple, & qui ne voulez pas l'égarer, répondez à cette queftion ; ou, pour mieux dire, vous y avez déjà répondu, & vous avez peint également les effets défaftreux de l'impunité, du mépris des loix, & des impreffions que produifent, fur l'efprit du peuple, de coupables flatteurs qui, par des vues politiques, ou des reffentimens particuliers, le trompent & le portent à des cruautés dont il n'y a pas eu d'exemple (1).

---

(1) On parle toujours des flatteurs des princes, dit le célebre Boffuet, & on ne dit rien des fla-

Peuple infortuné ! les riches qu'on vous fait haïr, & que vous voulez exterminer, vous procurent votre exiftence & celle de vos enfans ; leur bien eft votre patrimoine, c'eft pour vous qu'ils l'ont amaffé, & c'eft avec vous qu'ils le dépenfent. L'entretien phyfique d'un individu quelconque fe réduit à peu de chofe, & s'il jouit d'un gros revenu il en confomme individuellement une très-petite partie, & le furperflu vous appartient. Ses valets & les ouvriers de tous les genres fe le partagent. Ce fuperbe équipage qui vous aigrit & excite votre jaloufie a procuré du pain à vingt familles. Peuple que nous aimons, malgré toutes vos préventions, ouvrez enfin

---

teurs des peuples. Tout flatteur, quel qu'il foit, eft un animal traitre & odieux ; mais s'il falloit comparer les flatteurs des rois avec ceux qui vont flatter dans le cœur des peuples, ce fecret principe d'indocilité & cette liberté farouche qui eft la caufe des révoltes, je ne fais lequel feroit le plus honteux.

les yeux, & écoutez le langage de la vérité & de la raifon ? Dans les temps de calamité ou quelque fléau deftructeur a augmenté vos malheurs & votre mifere, que de dons & de largeffes ne tombent-ils pas fur vous ? Les riches & les gens aifés s'empreffent à venir à votre fecours : on vous nourrit, on vous chauffe, on vous confole; des fociétés de bienfaifance font établies de toutes parts ; l'une prend fous fa protection les vieillards ; l'autre les femmes en couche ou les nourrices. Ici on fixe fon attention fur les infirmes ou fur les prifonniers ; là on s'occupe des pauvres honteux, & on va les fecourir dans les réduits obfcurs où ils font enfevelis fans avoir le courage de manifefter leurs befoins. Voilà les perfonnes bienfaifantes contre lefquelles vous avez conjuré, que vous regardez comme vos ennemies, & dont vous voulez purger la terre ?

Les ennemis du peuple font les hommes qui flattent fes paffions, entretiennent & propagent fes erreurs, lui attribuent des droits & des qualités qu'il n'a pas & qu'il ne peut pas avoir. Comment inculquer dans son esprit des idées réfléchies & combinées lorsqu'il n'y a pas eu d'idées premieres qui élevent aux autres par des gradations insensibles & par des études longues & approfondies? Le peuple ne peut ni méditer de grands objets ni s'en occuper. Il faut lui donner une instruction qui soit à sa portée, & lui apprendre la morale qui tient à son bonheur & à celui de sa famille. La religion est le moyen le plus efficace qu'on puisse employer. Tous les législateurs ont senti le besoin d'une religion, & ont reconnu que la pratique de la vertu & de la morale sur laquelle roule le pivot de la félicité publique, dépendoit principalement de l'influence des opinions religieuses.

Si des abus énormes se font quelquefois introduits dans l'exercice de la religion; si des ministres des autels, abusant de la confiance publique, ont fait servir à leurs passions criminelles le pouvoir sacré dont

ils étoient dépofitaires, il faut les plain-
dre & chercher la fource de leur er-
reur dans la foibleffe humaine ; ce n'eft
pas dans les exceptions qu'il faut trouver
des motifs pour enfreindre la regle. La
confeffion eft peut-être le frein le plus
puiffant qu'on ait pu oppofer aux paffions
de l'ame. La voix de la religion fe fait
mieux entendre lorfqu'elle frappe les fens.
Les ornemens, la pompe, la magnificence, les proceffions, les cloches, les orgues,
tout ce fpeétacle attire le peuple dans les
temples , & produit des émotions reli-
gieufes. Voilà fous quel point de vue nos
prétendus philofophes devoient envifager
la religion, & bien loin d'attaquer fes
rites, & les établiffemens religieux dont le
but eft de la conferver, la propager, & de
contribuer par ce moyen au bonheur gé-
géral, il falloit infpirer de plus en plus
le refpeét & la vénération qu'on doit leur
porter, & garder un profond filence fur les
opinions particulieres.

Sur l'Egalité parmi les hommes.

En approfondiſſant les opinions nouvel-
les qui s'élevent de toutes parts, il me ſem-
ble qu'il n'y en a pas de plus fauſſe que
celle qui veut établir l'égalité parmi les
hommes. Tout annonce qu'elle ne peut
pas exiſter, & en ſuppoſant qu'avec une
baguette magique on y parvînt dans tous
les points, dans une heure, dans une minute,
dans une ſeconde, elle ſeroit détruite par la
nature qui produit des êtres inégaux.

Tranſportons-nous dans une forêt, &
examinons deux hommes qui viennent de
naître; l'un fort, courageux, bien conſtitué,
a toute l'intelligence que peut avoir l'homme de la nature; l'autre, foible, lâche, en a
toute la ſtupidité. Le premier acquiert bientôt ſur lui un empire abſolu; il lui défend
de toucher au fruit qui doit le nourrir. Le
dernier n'a d'autre reſſource que de ſe ſou-
mettre, & d'implorer ſa protection. Alors
l'homme courageux, & qui a une ame éle-

vée, respecte sa foiblesse, le fait jouir de sa subsistance, le défend contre les bêtes féroces qui pourroient l'attaquer ; mais il lui impose des obligations, des devoirs & des loix ; l'un est prince, l'autre est son sujet, & en remontant à l'origine des sociétés, par cette idée simple, il est évident que c'est ainsi qu'elles se sont formées, & que c'est la source de toutes les puissances humaines qui par la suite ont pris diverses modifications par des causes morales, par le choc des opinions, & par l'action & réaction des esprits. La maxime la plus vraie & la plus frappante en politique, c'est qu'il est infiniment dangereux de laisser introduire la confusion des états, & d'effacer la ligne de démarcation qui les sépare. Chaque classe doit avoir ses fonctions à remplir, & l'opinion contraire ne présente que des illusions perfides. L'empereur Théophile voyant arriver un vaisseau chargé de marchandises qui appartenoient à Théodora sa femme, y fit mettre le feu en lui disant : je suis empereur, &

vous voulez faire de moi un patron de vaiſſeau ?

Sur la maniere de lire l'Hiſtoire.

C'eſt dans l'hiſtoire que l'on trouve la morale des rois & la morale des peuples. Les premiers, dépouillés de leur grandeur, du faſte & de la magnificence qui les environnoit pendant leur vie, n'ont d'autre ornement que les vertus qu'ils ont pratiquées. Leurs défauts & les crimes qu'ils ont pu commettre, ſont préſentés avec la même évidence, & jugés par la poſtérité avec toute la rigueur qu'ils méritent. Ce n'eſt point la chronologie ni le récit des batailles qu'il faut chercher dans l'hiſtoire, mais le tableau des divers gouvernemens, des loix, des paſſions, & cette morale qui ſort des faits, & qui n'eſt pas apperçue par tout le monde. Monteſquieu ſeul a vu dans l'hiſtoire du peuple romain les cauſes de ſa grandeur & de ſa décadence. Il a ſu rapprocher les faits, & appliquer les événemens qui font dans l'hiftoire aux caufes qui font dans le cœur humain. Tacite a peint d'un feul trait l'aviliffement du peuple romain, en difant qu'il regretta Néron parce qu'il lui donnoit des fpectacles & des jeux dans le cirque. Après un trait auffi profond , Tacite n'a pas befoin d'ajouter aucun raifonnement ; le lecteur philofophe, en combinant ces regrets avec les forfaits de Néron, acquiert une parfaite connoiffance du peuple romain fous le règne de cet empereur. C'eft ainfi qu'une fable de Lafontaine bien méditée tient lieu d'un volume de morale, & qu'avec fon ouvrage immortel on peut approfondir les hommes de tous les états. Que de morale, que d'inftruction ne trouve-t-on pas dans les difcours d'un renard, d'un loup, enfin de tous les animaux introduits fur la fcene ? Cette inftruction eft d'autant plus précieufe qu'elle n'offre point des leçons directes , & qu'étant ornée de toutes les graces de la poéfie, elle conduit à la connoiffance de la vérité par un fentier parfemé de fleurs.

Sur l'Esprit.

On a défini l'esprit de toutes les manieres; chacun le voit différemment. Souvent on le juge d'après des qualités qu'on assimile avec celles qu'on a , & on trouve de l'esprit à celui qui pense comme vous, & a les mêmes principes. Ecartons toutes les préventions de l'amour-propre, & examinons l'esprit dans sa nature & dans ses effets. Parmi le grand nombre de définitions de l'esprit que j'ai lues, plus ou moins abstraites, une seule m'a satisfait par sa vérité & sa simplicité. En la développant , & l'examinant sous tous ses rapports, il m'a semblé qu'elle renfermoit tout , & qu'il ne pouvoit pas y en avoir de plus juste. *L'Esprit est composé de trois facultés, l'Imagination, le Jugement & la Mémoire.* En effet combinons l'esprit d'après ces trois facultés, & nous trouverons que toutes ses opérations sont démontrées avec évidence. L'imagination crée, le jugement rectifie , & la mémoire communique les idées qu'on a conçues. L'homme doué de ces trois qualités au dernier degré feroit un Dieu de la terre. Imaginer & créer tous les fujets, fupprimer ou rectifier par le jugement les écarts de l'imagination, obferver les convenances & les regles prefcrites par la raifon & le bon goût, communiquer toutes fes penfées fans aucune altération & dans le plus bel ordre par le fecours de la mémoire, ce tableau préfente une perfection idéale à laquelle il ne faut pas prétendre : mais en jugeant ces trois facultés non pas telles qu'elles pourroient être, mais telles qu'elles font, on y trouve toutes les combinaifons de l'efprit, & tous les effets qu'elles doivent produire parmi les hommes. On apperçoit dans les difcours, ou dans les ouvrages de celui qui a plus d'imagination que de jugement, des penfées vives, neuves, faillantes, mais un défordre & un déreglement qui étonnent. Lorfque le jugement domine, l'ouvrage eft fage, bien ordonné, chaque chofe y eft à fa place, mais il eft froid, &

n'infpire

n'inspire pas le même intérêt ; enfin c'est de la proportion plus ou moins grande de ces trois facultés que vient la différence graduelle de toutes les productions humaines.

Avec l'application de ces trois facultés on trouvera l'homme de génie exalté, & dans l'ivresse ; l'homme de génie, sage & qui reste dans la mesure convenable ; le savant aimable & instructif, ou le savant lourd & ennuyeux, qui ne sait faire que des citations ou des compilations ; ainsi l'imagination, le jugement & la mémoire sont les signes caractéristiques de l'esprit, & c'est de leur différente combinaison que naissent les bons, les médiocres ou les mauvais ouvrages.

Sur les Livres de controverse.

Pope, dans une lettre au sieur Artebury, évêque de Rochester, regrette d'avoir perdu un temps infini à la lecture des livres de controverse, & il avoue qu'il étoit catho-

B

lique ou proteſtant, ſuivant le livre qu'il venoit de quitter. Cet aveu, de la part de Pope, m'a toujours étonné, parce que je ne conçois pas facilement comment un homme qui a du caractere, & qui a pris l'habitude de penſer & de réfléchir mûrement avant de juger, peut ſe laiſſer entraîner auſſi facilement par l'opinion d'autrui. La réputation de l'auteur, vraie ou fauſſe, ne doit pas en impoſer, & s'il n'a pas l'aſſentiment de votre cœur, s'il ne porte pas dans votre eſprit une conviction entiere, il faut réſiſter aux charmes de ſon éloquence, & chercher le point de vérité à travers le voile dont il la couvre. L'auteur de l'Eſſai ſur l'Homme étoit plus capable que perſonne de ce travail pénible. La vérité n'eſt qu'une, & nous ſommes environnés d'erreurs qui ſe préſentent ſous les formes les plus ſéduiſantes, & entraînent la plupart des hommes. Rien n'eſt ſi difficile que de s'en garantir; il faut avoir reçu de la nature un eſprit juſte, ce tact, cet inſtinct, pour ainſi dire, qui découvre

ce point de vérité, quelque caché qu'il pa-
roiſſe. C'eſt avec la juſteſſe de l'eſprit qu'on
a pu tirer un grand parti de l'éducation,
des lectures & des entretiens avec les hommes. C'eſt par elle qu'on a adopté de véri-
tables principes dans la morale , dans la
littérature, dans la politique , dans la con-
noiſſance des hommes, dans celle des divers gouvernemens, & ſans ces vrais principes, il eſt impoſſible de connoître parfaitement les objets. Dans toutes les productions quelconques, il doit y avoir des
beautés réelles, & des beautés de conven-
tion. Pour juger ſainement des premieres,
il faut avoir ſans ceſſe la nature ſous les
yeux, & avec ce guide infaillible on ſe
trompe rarement. Pour juger des ſecondes,
il ſuffit de connoître les conventions, qui
varient ſelon les pays, & examiner ſi elles
ſont parfaitement remplies. Monteſquieu
a conçu une grande & ſublime idée lorſqu'il a voulu approfondir l'eſprit dans
lequel les loix avoient été faites. C'eſt ſans
doute pour rendre les hommes heureux,

& elles font mauvaifes lorfqu'elles ne rem-
pliffent pas ce but. Voilà la feule maniere
de les juger. Cette idée eft fimple, & per-
fonne ne l'avoit conçue avant lui. C'eft
ainfi que les vrais principes vous conduifent
à ce point de vérité qui eft d'une fi grande importance. Après avoir examiné le fond d'un
ouvrage, il faut connoître la forme fous
laquelle il doit paroître, le ftyle, la couleur
qui lui conviennent. Que dois-je chercher
dans un roman? La peinture des mœurs de
fon fiecle, un but moral, la fageffe dans le
plan, la chaleur du ftyle, l'énergie du fentiment, la connoiffance du cœur, le dé-
veloppement des paffions, & ce roman eft
plus ou moins parfait, en raifon de ce que
ces qualités y dominent plus ou moins.
C'eft ainfi qu'on doit juger tous les genres
d'ouvrages, & fuivre l'idée fublime de
Montefquieu. Il n'eft pas donné à tout le
monde d'appercevoir les objets comme ce
grand homme, mais en fuivant fes tra-
ces, même de loin, l'on rifque moins de
s'égarer. Ce fujet me paroît affez développé,

& l'on peut appliquer à toutes les productions de l'efprit humain les détails dans
lefquels je fuis entré par rapport au roman.
Il faut confidérer fous le même point de vue
une tragédie, une comédie, nn fermon,
une oraifon funebre, &c. & chercher,
comme Montefquieu, dans quel efprit ces
ouvrages ont dû être compofés, & quelle
eft la forme, le ftyle, le coloris qui leur
conviennent. Je reviens à l'objet principal
de cet article que j'ai perdu de vue, pour
me livrer à une differtation qui peut-être
ne paroîtra pas déplacée. Le célebre Boffuet
a traité avec tant de profondeur, & une fi
grande fupériorité, la queftion que je préfente, qu'il ne refte plus rien à dire.

Deux religions fur lefquelles on ne peut
pas fe difpenfer de fixer fon attention, parce
que nous vivons de fociété avec des perfonnes qui les profeffent, font le Lutheria-
nifme & le Calvinifme. Je vais donner aux
perfonnes qui n'ont ni le temps ni la volonté de fe livrer à des lectures immenfes,

un réfumé des points principaux qui féparent ces deux églifes de la nôtre.

Luther croit, ainfi que nous, à la préfence réelle dans l'euchariftie, mais il veut que ce foit avec la permanence du pain & du vin, qui ne font pas changés en corps & en fang de Jefus-Chrift, c'eft ce qu'on appelle la confubftantion Luthérienne. Calvin, & fur-tout Théodore de Beze, fon fidele difciple, ne croient à la préfence que par la foi, & c'eft ce qu'on appelle l'opinion facramentaire. Luther ôte à l'homme la liberté & le mérite des œuvres, & la juftification du pécheur fe fait parce que Dieu nous impute la juftice de Jefus-Chrift qui nous eft rendue propre par la foi, & c'eft ce qu'on appelle la juftice imputative.

Calvin tire trois conféquences que Luther n'admet point; il dit que la certitude de la juftification entraîne celle du falut, & puifqu'il faut croire d'une foi ferme qu'on eft juftifié, il faut croire qu'on eft fauvé.

La seconde conséquence, c'est qu'une fois cette certitude acquise, elle ne peut plus se perdre, & c'est ce qu'il appelle l'inamissibilité de la grace. Un parfait calviniste ne doute pas de son salut.

La troisieme conséquence, c'est que le baptême n'est point nécessaire au salut. Les enfans des fideles naissent dans l'alliance; le baptême ne fait que la sceller, & n'en est que le signe qu'on ne peut pas refuser. Il ne confere pas la grace, & n'est pas un sacrement.

Voilà les principales différences qui existent entre Calvin & Luther quant au dogme, mais elles font plus grandes quant à la discipline.

Luther croyoit les cérémonies nécessaires à la religion, & n'a supprimé que celles qui étoient incompatibles avec ses principes. Il a conservé toute la solemnité au service divin, les ornemens, les cloches, les orgues, les cierges. Calvin n'en a admis aucuns; sa religion est séchement spirituelle, & sa réforme est triste & auftere. Ce qui a le plus embarrassé les sectateurs de la religion réformée, c'est lorsque, dans les discussions de controverse, on leur a demandé la généalogie de leur église ; ils ont voulu s'étayer sur les Iconoclastes, sur Berenger, Hus, sur les Manichéens, les Vaudois, les Albigeois ; mais le savant Bossuet les a poussés jusqu'aux derniers retranchemens, leur a enlevé toutes ces sectes en leur prouvant les différences énormes qu'on trouvoit dans leur doctrine, & les a réduits enfin à leur origine connue du seizieme siecle.

Sur les duels.

Une chose monstrueuse, & qui semble assimiler la nation françoise aux peuples les plus sauvages, c'est l'opinion qui déshonore l'homme insulté qui ne se venge pas par un duel ; & la loi qui le condamne à la mort lorsqu'il a voulu prévenir son déshonneur. On ne trouve pas d'expressions aſſez fortes pour peindre des mœurs auſſi barbares.

Conçoit-on rien de plus effrayant que la perſpective qui ſe préſente ſans ceſſe ? Le plus honnête de tous les hommes peut être expoſé chaque jour, ſans avoir aucun tort, à être ou déshonoré ou tué par celui qui lui a ravi ſon honneur, ou tué par la loi, ou forcé à s'expatrier pour toujours & à vivre dans une terre étrangere. Les légiſlateurs occupés du bonheur des hommes, doivent prendre en conſidération un objet auſſi important, & employer des moyens efficaces pour prévenir l'inſulte & pour changer ou l'opinion ou la loi. Dans les premiers ſiecles de la monarchie, les duels étoient autoriſés par la loi, & devenoient plus fréquens. C'étoit véritablement un abus d'un autre genre ; mais quoiqu'il fût établi dans un ſiecle d'ignorance, il étoit moins inſenſé que celui qui a lieu dans un ſiecle éclairé. On n'avoit qu'un riſque à courir, & l'on n'enviſageoit pas un malheur certain & inévitable.

La loi établie en france eft d'autant plus étonnante que le tribunal qui la fait éxé-cuter étant affervi lui-même à l'opinion, il en réfulte qu'elle eft fans effet pour les uns, tandis qu'elle agit pour les autres, de maniere que les circonftances particulieres, le crédit & la faveur la dirigent. Alors cette loi devient inutile, puifqu'elle ne remplit pas l'objet qu'on fe propofe. Avec l'efpoir de l'éluder, on fe conduit comme fi elle n'exiftoit pas, & l'on eft fouvent victime de fa fécurité. Pourra-t-on contefter cette vérité, & prouver que la loi a pu balancer une fois le pouvoir de l'opinion, à moins qu'on n'ait employé la violence? Encore ce moyen n'a-t-il fait que fufpendre l'effet qu'on vouloit empêcher.

Doit-on conclure de cet arrangement qu'il faut détruire la loi & laiffer à la na-tion une liberté entiere de s'égorger?... Non, fans doute! on doit au contraire la rendre plus févere fous une autre forme. Le but le plus defirable feroit de changer l'opi-nion, mais il eft difficile à remplir. On ne détruit pas les opinions par l'autorité , ce n'eſt que par la conviction ; & comment convaincre une nation lorſqu'elle a des idées profondément enracinées ? Chacun en particulier les trouve déraiſonnables , injuſtes ; mais on reſte aſſervi à l'opinion générale.

Les mœurs ne ſe commandent point, a dit le célebre Monteſquieu ; *il faut changer par les mœurs ce qui eſt établi par les mœurs, & changer par les loix ce qui eſt établi par les loix.*

Quoique les mœurs ne ſe commandent point, on pourroit cependant mettre des entraves ſi fortes à celles qu'on veut reformer, qu'elles laiſſeroient l'eſpoir d'y parvenir avec le temps ; & pour ne pas perdre de vue le ſujet important qui m'occupe, ne penſeroit-on pas que, s'il exiſtoit une loi qui condamnât à la mort tout citoyen qui auroit fait l'une de ces inſultes qui exigent un combat mortel, ſelon l'opinion publique, elle préviendroit ce délit devenu trop commun, & finiroit

par l'empêcher entierement ? Si l'on pre-
noit un parti irrévocable de n'accorder
aucune grace, de quelque condition que
fuffent les coupables, il eft vraifemblable
que l'ufage des duels s'aboliroit par la ré-
ferve qu'impoferoit cette loi, & l'on met-
troit la même importance à ne pas commettre un pareil délit, qu'on met à ne pas
affaffiner, à ne pas voler & à éviter avec
foin tout ce qui pourroit conduire à l'écha-
faud. Cette loi, qui paroît févere au premier afpect, feroit infiniment douce, parce
qu'elle épargneroit le fang humain, & préviendroit le malheur & fouvent la perte des
familles. Qu'on fe repréfente un pere infortuné forcé de facrifier à l'opinion une
exiftence dont dépend fouvent celle de fes
enfans ?

Qu'on fe repréfente un jeune homme
doué de qualités aimables & folides, fait
pour devenir utile à fa patrie dans une
brillante carriere, adoré d'une famille qui
a donné tous fes foins à fon éducation,
& qui lui eft enlevé à la fleur de fon âge

dans le moment même ou elle alloit jouir de fon travail. Si la loi que je propofe avoit exifté il y a deux fiecles, en verfant quelques gouttes de fang dans le principe, elle auroit empêché des combats qui depuis en ont fait couler des ruiffeaux, & ont porté le trouble & la défolation dans les familles.

Qu'on ne vienne pas alléguer qu'en profcrivant les duels en apparence, il peut y avoir un motif politique de les tolérer pour entretenir la valeur dans les armées. Cette raifon feroit fpécieufe, & je n'y répondrois que par des exemples. Les peuples les plus courageux de l'antiquité, les conquérans de l'univers ne connoiffoient pas les duels; ils ne faifoient confifter la gloire & l'honneur que dans le facrifice qu'ils faifoient de leur vie, de leurs biens, & de leur repos pour le fervice de la patrie.

Sur la guerre.

La guerre eft le fléau le plus terrible

qui puiſſe affliger le genre humain. Les
maux qui en réſultent ſont ſi grands, qu'a-
près y avoir mûrement réfléchi, il m'a ſem-
blé que la volonté ſeule d'un être ſuprême
exerçant un acte de juſtice & de ven-
geance, pouvoit expliquer comment les
hommes étoient aveuglés au point de s'égorger ſans aucun motif: car en examinant la
guerre dans tous ſes effets, que produit-
elle au vainqueur après un eſpace d'années?
La perte d'un million de ſes ſujets, des dé-
penſes énormes qui ont ruiné ſon peuple,
la dévaſtation de ſes provinces, même par
les armées de la nation, parce que la guerre
inſpire des mœurs féroces, & met par-tout
la force à la place de la juſtice. Si par le
ſuccès de vos armes vous avez pu impoſer la loi à vos ennemis & vous procurer
quelques avantages, ils en conſervent un
profond reſſentiment, & lorſqu'ils ſe croient
en état de réparer leurs pertes, ou par votre foibleſſe, ou par le rétabliſſement de
leurs forces, ils n'en laiſſent pas échapper
l'occaſion, & à la fin de chaque ſiecle les

fouverains fe retrouvent à peu près au même état où ils étoient. Tous les fruits qu'on paroiſſoit avoir recueillis en faiſant la guerre ont diſparu, & il n'en reſte que les calamités & les triſtes monumens qui les atteſtent. En méditant ſur cet objet important, de ſang-froid, & dans le ſilence du cabinet, qu'on ſe repréſente deux armées au moment ou elles vont ſe livrer bataille; des généraux habiles qui déploient toutes les reſſources du génie pour remporter la victoire en couvrant la terre de morts & de mourans; l'effet de ces bouches infernales qui emportent un millier d'hommes à la fois; des membres mutilés, des ruiſſeaux de ſang qui coulent de toutes parts; qu'on appeſantiſſe ſes regards ſur ce ſpectacle affreux; qu'on écoute avec attention les cris des bleſſés, les plaintes touchantes des mourans; qu'on ſe repréſente, qu'on écoute, dis-je, & qu'on pâliſſe d'effroi. Si l'art de la guerre ne rendoit pas cruels & ſanguinaires ceux qui le pratiquent, comment pourroient-ils, dans une ville priſe d'aſſaut, commettre des excès dont frémit la nature, égorger les enfans ſur le ſein de leurs meres, les peres dans les bras de leurs enfans, entendre le cri du déſeſpoir ſans émotion, & ne mettre d'autre terme à leur rage que la deſtruction des malheureuſes victimes qui l'ont provoquée?

L'hiſtoire nous a conſervé quelques faits qui prouvent que les nations ſe rendent également & le bien & le mal qu'elles ſe font, & qu'elles retirent le prix de leur bienfaiſance, comme celui de leur méchanceté. Le duc de Guiſe uſa de la plus grande clémence au ſiege de Metz, & quelque-temps après les impériaux ayant pris leur revanche à Térouanne, on entendit les chefs, au moment de l'aſſaut, faire à leurs ſoldats cette exhortation édifiante : *Bonne guerre, compagnons, ſouvenez-vous de la courtoiſie de Metz.* Ce grand duc, dit un auteur, par ſa généroſité ſauva la vie à plus de ſix mille perſonnes à Térouanne.

Malgré ma juſte admiration pour le grand

grand Henri IV , je n'ai jamais pu lire qu'avec furprife la plaifanterie qu'il fit, après la bataille d'Ivry , fur le grand nombre d'efpagnols qui étoient reftés parmi les morts : *Quelque chofe que dife la ligue , je connois bien que je fuis roi, car j'ai guéri bien des efpagnols des écrouelles.* Cette anecdote prouve bien ce que j'ai avancé : que la guerre rend cruel & infpire des mœurs féroces, puifque Henri IV, naturellement bon & humain , fe permettoit un badinage indécent dans un moment où il falloit s'attendrir & répandre des larmes.

Après des images auffi vraies, & auffi touchantes, il me paroît impoffible qu'à la fin les nations ne profitent pas des lumieres qu'elles ont acquifes , pour abolir le fléau deftructeur de la guerre, & contribuer réciproquement à une paix univerfelle. L'exécution de ce projet me paroît d'autant plus facile, que les puiffances de l'europe s'étant fait un fyftême politique de conferver l'équilibre entr'elles, & de fe liguer contre celle qui auroit fait des conquêtes & envahi les poffeffions de fes voifins, elles pourroient l'empêcher dans le principe, & ne pas fouffrir qu'aucune puiffance entreprît de faire la guerre. Les limites des droits & des propriétés de chaque nation une fois reconnues, l'on préfenteroit des obftacles infurmontables à celle qui voudroit paffer la ligne de démarcation, & dans tous les cas, la puiffance qui auroit tort feroit arrêtée & repouffée par la réunion de toutes les autres puiffances. La querelle des rois feroit jugée comme celle des particuliers, & il y auroit un code politique, comme il y a un code civil, un code criminel, & il feroit créé d'après les mêmes principes. La paix eft la fource de tout ordre, & de tout bien poffible, & fi ce projet fe réalifoit, toutes les nations feroient heureufes ; la terre peuplée & cultivée, ne préfenteroit que des richeffes de tous les genres. Les ambaffadeurs qui réfident dans les diverfes cours de l'europe pourroient s'occuper férieufement d'une négociation aussi importante, & dont le succès les couvriroit de gloire. Si par la suite il s'élevoit quelques différens parmi les puissances, ils seroient à portée de s'instruire des motifs qui y donneroient lieu, ils en seroient, pour ainsi dire, les rapporteurs devant le tribunal suprême des souverains de l'europe, & les jugemens seroient portés d'après leurs récits fidélement & suffisamment développés.

Sur la musique.

La musique est une langue qu'il faut entendre si on veut la goûter. C'est principalement sur cet art que les opinions sont variées, & souvent diamétralement opposées. Je ferai abstraction des jugemens dictés par l'esprit de parti, parce qu'ils ne doivent inspirer aucune confiance. Lorsqu'on veut adopter un genre, ou un pays exclusivement, il est bien rare que l'on ne commette des erreurs. Une grande partie des personnes qui écoutent de la musique ne connoiſſent ni ſes principes ni ſes effets. Elles la jugent d'après leur maniere de ſentir; & toutes les beautés de l'art leur échappent. Ce qui eſt chantant & agréable pour les oreilles exercées ne l'eſt pas pour elles; ne ſachant même pas écouter, négligeant la partie des accompagnemens & les charmans détails qu'on trouve dans la muſique des grands maîtres, comment pourroient-elles ſaiſir avec juſteſſe le véritable caractere de chaque morceau, de chaque paſſage, le tumulte des ſons qui annonce le tumulte des idées, la voix plaintive d'une flûte, d'une clarinette, qui peint les tendres ſentimens d'une mere éplorée ? L'expreſſion eſt la qualité la plus eſſentielle de la muſique. Tout ce qui n'affecte pas l'ame ne procure que de foibles jouiſſances. L'harmonie & les accords ſublimes ont bientôt laſſé lorſqu'ils ne ſont pas ſuivis d'une douce mélodie. C'eſt elle qui fait le charme de la muſique, & c'eſt la nature qui l'inſpire. La peinture des paſſions, ces belles images qui produiſent de ſi grands effets ne pro

viennent que de la mélodie, parce que l'harmonie ne peint rien , quoiqu'elle foit une
partie effentielle de la mufique. Lorfqu'on
a ofé avancer que dans les ouvrages immor-
tels de M. Gluck , remplis d'images &
d'expreffion , il n'y avoit pas de mélodie,
on a dit une grande abfurdité. Le célebre
J. J. Rouffeau a expliqué d'une maniere
fatisfaifante la caufe de la différence qui
exifte entre la mélodie de ce compofiteur
& celle de plufieurs autres dont la plupart des morceaux procurent un grand
plaifir fans affecter l'ame. *La mélodie*, dit-
il, *fe rapporte à deux principes différens,
felon la maniere dont on la confidere. Prife
par les rapports du fon & par les regles du
mode, elle a fon principe dans l'harmonie,
puifque c'eft une analyfe harmonique qui
donne les degrés de la gamme, les cordes
du mode & les loix de la modulation, uni-
ques élémens du chant. Selon ce principe
toute la force de la mélodie fe borne à
flatter l'oreille par des fons agréables : mais
prife pour un art d'imitation par lequel on*

peut affecter l'esprit de diverses images, émou-
voir le cœur de divers sentimens, exciter &
calmer les passions, opérer en un mot des
effets moraux qui passent l'empire immédiat
des sens, il faut lui chercher un autre principe, car on ne voit aucune prise par laquelle
la seule harmonie, & tout ce qui vient d'elle,
puisse nous affecter ainsi. Ce principe est dans
la nature, & il faut une observation plus
fine & plus de sensibilité dans le compo-
siteur.

Si la musique ne peint que par la mélodie,
& tire d'elle toute sa force, il s'enfuit que
toute musique qui ne chante pas, quelque
harmonieuse qu'elle puisse être, n'est point
une musique imitative ; & ne pouvant ni
toucher ni peindre avec ses beaux accords,
lasse bientôt les oreilles, & laisse toujours
le cœur froid.

Sur la danse.

Tous les peuples de l'univers ont connu
le plaisir de la danse. Il y en a eu même qui

l'ont aimée avec paffion. Un voyageur a
vu à Lisbonne des fcenes très-plaifantes.
Le peuple, après s'être profterné dans les
rues aux pieds d'une vierge ou d'un faint
qui eft dans une niche, finit par danfer de
toutes fes forces. Une guittarre s'étant fait
entendre dans fon auberge, plufieurs perfonnes qui dormoient dans leurs cham-
bres fe rendirent dans une galerie, &,
fans fe connoître, fe mirent à danfer. On
voyoit clairement, ajoute l'auteur, qu'ils
n'avoient d'autre plaifir, ni d'autre intérêt
que celui de la danfe. En la jugeant d'après
ce principe, & d'après l'expérience la plus
générale, l'on doit croire qu'elle ne peut
être qu'un exercice ou le figne de la gaieté,
& alors elle n'eft intéreffante que pour ceux
qui la pratiquent, car les fpectateurs qui
ne partagent pas ce goût, reftent froids &
indifférens ; mais j'examinerai la danfe fur
un autre point de vue ; je la préfenterai
comme un art d'imitation qui peut rendre
les diverfes impreffions de l'ame par les
diverfes attitudes du corps, peindre les

paffions & les actions humaines, & produire des effets moraux comme la poéfie,
la peinture & la mufique. Sous ce rapport,
les pas les plus variés ne font que le mé-
chanifme de la danfe. Avant Noverre, on
ne connoiffoit pas la véritable pantomime
fur nos théâtres ; nos danfeurs les plus habiles ne paroiffoient qu'avec des mafques
& faifoient fans ceffe des entrechats, des
à-plomb, des pirouettes, des balance-
mens, &c. Mais lorfqu'on a vu le célebre
Veftris, dans le ballet de Médée, attendrir, déchirer l'ame par un nouveau genre
de danfe, l'on a commencé à croire qu'elle
n'étoit plus entiérement un art frivole ;
qu'elle pouvoit appartenir au fentiment,
& produire de grands effets. Les anciens
connoiffoient la danfe imitative. A Rome,
on avoit perdu deux grands acteurs, & les
fpectacles étoient déferts ; mais il parut
deux grands danfeurs, Pylade & Batylle,
qui ramenerent la foule. Les fentimens
qu'ils exprimoient étoient fi vrais, dit
M. de Cahufac dans fon traité fur la danfe,
qu'on

qu'on a vu plusieurs fois les spectateurs pousser des cris, verser des larmes, partager les fureurs d'Oreste, ou les tendres douleurs d'Hécube.

La célebre Empuse, par des danses voluptueuses, excitoit des mouvemens si vifs & si tendres dans l'ame des dames d'Athenes, qu'elles avoient peine à les cacher.

Je ne cite ce dernier article que pour prouver l'impreſſion que produiſoit la danſe ſur l'ame des ſpectateurs, car je ſuis bien loin de penſer qu'on doive adopter ou permettre ce genre. Comme on ne peut pas anéantir les paſſions, il faut employer tous les moyens poſſibles pour les diriger vers un but louable. Les paſſions, c'eſt-à-dire, les affections de l'ame, font la partie la plus eſſentielle de ſon eſſence, & elles ne deviennent criminelles que lorſqu'elles recherchent des objets proſcrits par la loi.

C'eſt avec ce principe que les jeux & les amuſemens pourroient ſervir à la pureté des mœurs. Une réforme dans ce genre ſeroit ſur-tout néceſſaire dans ceux qu'on

D

offre journellement au peuple, & dans lefquels abondent les immoralités les plus
monftrueufes. Depuis long-temps les légif-
lateurs auroient dû s'occuper d'un objet
auffi important. Il falloit leur fubftituer une
inftruction & une morale à fa portée, l'en-
cadrer avec art dans un fpectacle qui auroit
frappé fes fens ou excité fa curiofité, &
l'on pouvoit en efpérer les effets les plus
falutaires, qui auroient peut-être influé
fur le bonheur général. Les cenfeurs fé-
veres feroient les plus utiles dans ces fortes
d'ouvrages, parce que dans les claffes
diftinguées on a reçu une éducation & .
des principes qui repouffent, ou au moins
affoibliffent le danger des mauvais exemples.

F I N.